百年桜

染宮 千美
SOMEMIYA Yukimi

文芸社

もくじ

望むこと望まざること引き受けて桜は咲きぬ被災地の春

（令和二年　歌会始佳作）

望郷

望郷のにおい微かに川風や手紙《ふみ》書くように飛ぶ蛍あり

田舎より送られてきた「二十世紀」令和の陽光《ひかり》含みて甘し

餅食めば吾の内には故郷の水と光と吾妻颪《あずまおろし》と

正月の「三日とろろ」を啜るとき胸に思うは円谷幸吉

ふくのしま花も実もある故郷はカタカナで書く「フクシマ」になる

故郷はそこにかしこに放射能含める汚泥高く積まれる

いつからか「だから」なしでは帰れない所となりし我の故郷

一言の愚痴も言わずに砂を搔《か》くあの日のかけら捜す海岸

復興が日ごとに進む故郷に枝しならせて桃の実は生る

音たてて復興花火は崩れゆく闇を見るひと明日を見るひと

淋しさを両手につつみ祈ります復興半ばふくしま忌来る

晴れとのみ日記に記すふくしま忌想いは胸の奥なる奥に

ふくしまに生きた証も夢のごと実家《いえ》を壊して墓じまいする

なんだろうこの寂しさは故郷の中合デパート閉店となる

「花見山」夢のようなる名持つ山わが故郷に親しみており

みちのくの春寒かりパステルのマフラーを巻き桜《はな》見上げたり

竹の子のとなりに鰊売られいる我ふるさとの春の訪れ

田舎から届いたリンゴ包みいる褪せた新聞むさぼり読めり

故郷新聞

遠くなる故郷の現在《いま》知りたくて購読決める福島民報

寅さんから届く葉書き待つように故郷の新聞を待ちおり

花見山の桜《はな》満開が載る紙面一日遅れで吾のもとに来る

満開の桜を載せる地方紙を床に広げて春を味わう

復興五輪

校庭の「百年桜」子らの夢のせて五輪のトーチとなりぬ

ギリシャより運ばれ来たる五輪の火「復興の火よ」明日へと燃えろ

五輪旗が飾られたJビレッジに乱反射する円谷の影

ひたひたと見えざる敵が忍びより聖火リレーは中止と決まる

復興のオリパラ延期決まる春転んで起きよ会津の小法師

「がんばれ」と小さく声に出してみるゆっくり揺れる赤べこの首

風のかたち

茹で上げし青菜するどく香りたつ夕餉の膳に春のにぎわい

校庭で風のかたちを確かめてきみと並んでブランコ漕いだ

少しずつ記憶が薄れゆく義母と桜みあげる流れ降る春

いまだまだ汚染度高し故郷にだれにも見られぬ桜は咲きて

前歯まだ生え揃《そろ》わざり幼子のママ呼ぶ声は春のフルート

お気に入りの薄荷色《はっかいろ》した歯ブラシをコップにさせば溢れ出す春

腕時計今朝は外してコーヒーをゆったり啜るリビングに光《かげ》
静かなりタバコ燻らす夫がいるそろりそろりと夕雲流る

夏近し窓を開ければほのかなる夕餉の匂い風に乗り来る

散歩道黄色の花が夏告げる香るあなたの名前おしえて

夏は今みどり色した風になりもろこし畑ざわざわと過ぐ

言いかけてやめた言葉と飲みこんだビールの苦み喉に沁みいる

梅雨空や鉛色した雲厚しハサミで切って光入れよう

ヘンケルの光るハサミに触れながら知らぬドイツの街並み思う

すれ違う寂しさつつむ雨傘に一人一人の宇宙はありき

花ごよみ

サルビアに垂直の光《かげ》降り注ぐ赤耀きて夏は始まる

一斉に向日葵咲けば真っ白なTシャツ一枚ベランダに干す

あかあかと朝顔のはな咲きのぼるラジオ体操第一聞こゆ

復興の花火見ていた噎せ返る草の匂いに包まれながら

長月の越し方のありそれぞれに庭の石蕗《つわぶき》にも私にも

コスモスは海藻のごとく揺れ止まぬ朝明《あさけ》の風に心豊《ゆた》けし

野べの萱《かや》遠い記憶の中にあり亡き母の手のぬくもり想う

踏まれたら汚れてしまう銀杏《いちょう》の葉両手で拾う絵画館前

咲くという賑わいありてシクラメン驕れる花も散るを知るなり

届きたる寒中見舞いの絵手紙に友の癖字と水仙がある

坂上の紅梅見ごろ薫りそめ配達員も仰ぎて過ぎる

参道を進むわれらに風が吹く白梅の香《か》をはらませながら

頬とおる風はまだまだ冷たいが君のセーター菜の花の色

ほのぼのと柳の芽吹く春の庭ジョウビタキ来る何処へも行くな

逞しい共存力で繁殖す帰化植物のナガミヒナゲシ

四季　春

コンビニのたまごサンドはふっくらと気づかされるは春が来たこと

赤本を棚に仕舞って春が来て君と別れき卒業の朝

一年生飛花《ひか》を浴びおり制服は少し大きい幸せサイズ

さめざめと身の上話するように桜は散りぬ風に促され

夏

八月のような六月終わりけり紫陽花の青に気づく間も無く

梅雨の日の一日《ひとひ》は長く気がつけば推理小説下巻に移る

初夏《はつなつ》の窓から差す光《かげ》心地よし社説を読みてパン二枚食う

那須岳にアサギマダラが飛来する旅する蝶をうらやむ夏に

夕立に喜ぶからだ前へ前へ夏の子となりゆくか、わたしは

階段を一つ飛ばして君は来るセーラー服のリボン揺らして

ワンピースのウエストリボン結んだら夏が始まる空気吸い込む

一斉に飛び立った鳥あの夏の君が揺らした髪に触れたし

あの夏の光の重さ色においし五感が運ぶ記憶というもの
銀河より滴る雫きらきらと星の話を語る夏の夜

すすきすすき君が拓郎聴く夕べ我が浴衣の君となりける

下駄の音響かせ踊る夏祭りうかれっぱなしの浴衣の君と

校庭の水飲み場にも夏休みだらりと下がる石けんネット

立葵《たちあおい》夏の光に背を伸ばすきみがいるから世界がきれい

夕顔の皮むきの音わたる納屋男体山がまだ眠る朝

Tシャツと海と笑顔をていねいに畳んでおさめた帰りの鞄

胡瓜捥《も》ぎバキリと折れば朝の音　音の隙間に夏が見えたる

ひとりなり君が残した缶ビールごくりと飲んで葉月が終わる

雨上がりちょっと強きな蟬しぐれ夏の終わりをカナカナと告ぐ

音だけの花火が届くベランダに夏は終わりと風が告げ来る

我が町に今日の夕日が沈むころグラスの梅酒ころんと鳴らす

夕闇に文字はにじんで溶け始め象牙色した小説閉じる

寄するより引く波音は寂しくて白い珊瑚《さんご》は晩夏を思う

秋

手を振られ手を振り返す別れ道あざやかすぎる夕焼け小焼け

夕風はページをめくりまためくるリルケが吾に歩み来し秋

畔道のひまわり枯れて小菊咲く大空の青なお青くなる
めきめきと背骨伸ばして深呼吸秋が香りぬ風のすき間に

蔦紅葉《つたもみじ》美《は》しき時間を重ねたる修道院はビルに変わりぬ

呼吸《いき》すれば焦げた秋の香みちのくは刈田ひろがりミレーの油彩

晩秋の宮沢賢治記念館ゆっくり時を溶かして歩く

整然と牡蠣棚《かきだな》並ぶ松島は波静かなり復興進む

夕空に秋の終わりが見えている季節《とき》よそんなに静かに去るな

雨音の隙間すきまに虫のこえ雨の消せない生命のこえ

ビニールのプールに残った水まけば秋明菊《しゅうめいぎく》は秋の風待つ
見上げれば君に見せたき月だから箱に仕舞うよ次会う日まで

稲わらの燃えた煙を夕焼けがしんと吸いいるもう冬が来る

冬

洗い上げ白菜樽に詰めゆけば吾妻山より冬は駆け来る

ジグザグとスイッチバックで前進す雪は重くて容赦がなくて

襟巻きの狐の目玉ひんやりと輝いており何見てるのか

赤い羽根購《もとめ》た街に灯《ひ》がともる走り始める冬の夕暮れ

庭に咲く冬の菫を押し花に重しは百科事典と決める

思い出の月日を逆算してしまう君いない冬君といた夏

冬雷《とうらい》は出せない手紙雨ひとつ降らせないまま過ぎ行きにけり

半分に切り落とされし冬の月赤きマフラー巻いてみる

誠実に生きていこうと初詣きりりと締まる柏手の音

新しき暦を壁に掛けるとき生きる形を少し気にする

静寂

病室の冷たき窓に西日差す「夕焼け小焼け」のチャイム流れ来

縁あって嫁姑《おやこ》となりしこのひとの背中をふきぬ熱きタオルで

千代紙の雛人形を病室に飾って義母は少女に返る

交わらぬ外側の円に義母はいる言葉を待ちぬ心傾け

出来ぬこと一つ二つと増える義母時間《とき》のさかさま幼子となる

老いた義母ぽつりぽつりと語ります半透明の記憶を手繰り

クロスワードパズルを解いてゆくように義母は答える息子の名前

ただ小鳥《とり》が若葉ゆらすを見て飽きず施設の庭に義母と過ごしぬ

雨粒の重さに枝を下げている無花果《いちじく》しずか義父慕い来て

義父訪えば追想の糸ほそ長し冬の夕陽が部屋に溶け入る

感謝

夭折の実母《はは》との縁《えにし》薄かりき思い出もなく恋うこともなく

三歳《みっつ》より我の養母《はは》なるそのひとは抱いて背負いて安心くれた

「久しぶり大声出して笑ったわ」母の一人居我は気づかず
永歳《ながとせ》を吾の母として生きたひと寄り添い看取るせめてもの恩

形見なる母の浴衣に袖通す青海波《せいがいは》には幸福があり

ひと粒の種に宿りし花の明日たらちねの母偲びつつ蒔く

慎ましく然れど確かに生きていた使いかけの母のクリーム

信頼

そう言えば永くこの夫《ひと》と棲みており白木蓮《はくもくれん》は大樹となりぬ

特養のカタログ夫《つま》とながめあう旅のチラシのように弾みて

静寂のルネ・ラリック展夫と鑑《み》る物知り顔でうなずき合いて

年若き学芸員に「お静かに」たしなめられるルネ・ラリック展

帰宅せし夫の背広にタバコの香今日の疲れと共に連れ来る

階段をおもき音たて上りくる夫には夫の明日あるべし

裏返しの靴下ポンと投げてくるその神経を裏返したい

胸深く言いたき言葉飲み込んで我は微糖の妻となりける

朝食にしようと夫が席につく並びて観るは朝ドラ『エール』

屈まりて君が靴ひも結んでるいつもの朝を幸福と呼ぶ

宝物

本棚の『サラダ記念日』万智ちゃんと娘が盗む我の青春

聞きたくて聞けないことはさやさやと吾子と二人で公園に行く

吾子の手へ渡したきこと多かれど言葉は重し日の暮れてゆく

「べつに」とか「ふつうだよ」しか言わぬ子と小さな話しすこしだけする

セーラーからスーツに変わり行く頃に娘《こ》の本棚に『チョコレート革命』

ヘンテコなハムスターの絵添えており母の日祝うカードの隅に

ゆうらりと我の隣で眠る吾子明日は祝福の花びらのなか

引っ越しの荷運び終えし部屋からは目黒線沿いの夕闇みえる

カーテンの丈が足らない隙間から朝日差し込む娘《こ》と彼の部屋

ドレッサーのドアポケットに歯ブラシが二本ならんで始まる暮らし

大切なことは言葉にしにくくてスマホの中に絵文字が並ぶ

「元気です」液晶画面に映された娘の文字のうらがわ捜す

振りかえり振りかえりもう振りむかぬ吾子を見送る駅の改札

胸元の真珠ひと粒なくすように娘は駅に吸い込まれ行く

産院へひとり消えゆく吾子の背にかける言葉を探しておりぬ

コロナ禍に闇を破りて生まれきし孫の産着に麻の葉えらぶ

かどかどにカバーを付けて孫を待つ孫の世界は丸くやさしい

くるくると孫《こ》は駆け回りころり寝る手には団栗三つ握りて

バイバイを覚えたばかりの初孫が無邪気に手を振る送り火の先

秋寂し夕暮れ泣きの赤ん坊背にしあの道いまも手を振る

階下より子を叱る娘《こ》の声がする記憶の中の若き吾の声

泣くように降る秋の雨とりどりの玩具散らして孫は帰りぬ

きのうまで孫と遊びし浴槽にきかんしゃトーマスひとり走らす

尊厳

ＡＬＳ患者嘱託殺人事件に思う

病《やむ》ひとの生死を決めるスイッチに指をかけたる医師ふたりある

何者か病《やまい》のひとにささやくは生きよではなく黄泉への標

病癒えぬ沈みゆくひと選びしは「尊厳」なのか涙あふるる

終焉を向かえしひとよ今ごろは歩いているか花咲く野辺を

老いぬまま娘は逝きし残された父は語れり無念と無力

日常

ティーバックを三拍子で上下するそんなリズムで朝は始まる

珈琲を気持ち濃いめに淹れた朝ジャムトーストも少し厚めに

洗濯機のブザーが鳴れば「ハイハイ」と機械音にも返事する我

夕空は見たこともない茜色スポンジで風呂を洗う木曜

美しい立方体はゆらゆらり息を殺して湯豆腐すくう

待たれるは待つことよりも寂しかり我の膳には鬆《す》立《だ》つ湯豆腐

ひとり飯カップやきそば湯切りする青春のような匂いがよぎる

買い置きのカップラーメン食べ終えてため息ひとつ冴月ひとつ

減塩の昆布茶漬けを食みており昼にひとりの生活《たつき》の隅で

麦麺に一本だけある赤麺は赤色なのに何故か寂しい

看護師は深夜勤明けのストレスをビールで拭う朝のファミレス

人と呑む約束をして夜が開くおすすめメニューはコリコリクラゲ

やせ我慢赤きワインにむせながら一つの嘘を閉じ込めし夜

何もかも空回りした一日を赤べこ揺れて我を慰む

散歩道

散歩道いつもの角にいつもの猫ただそれだけで好日となる

細道を歩いて行くとだんだんと見えなくなった朝の満月

台風がさらった後の朝の道電柱のビラ僅かに残る

散歩道指を折り折り歌を詠む葉擦れのカノンＢＧＭに

千の足に踏みつけられた寺の苔夜はふかぶか呼吸をしたり

人間の願い全てを千の掌《て》に持ちし観音静かに祈る

どっしりと重量のある風吹きぬ野良犬どろり欠伸する路地

母に名を呼ばれて去りし子供たち広場に残る電柱一本

空

丹念に編みし蜘蛛の巣払うとき書割《かきわり》のような朝日が昇る

冬麗《とうれい》や青なお深き空の中ひこうき雲が頭《ず》を撫ぜてゆく

風求め自転車こいで道を行く遠ざかるもの近くなるもの

風の変わる予感満つればベランダの貝風鈴を箱に収める

踏み切って跳ぶベリーロール我が体《たい》をふわっと風が運んでくれる

電線のカラス詩人のように鳴き寒くしぐるる空を見ている

やうやうといつもの街に夕《ゆう》が来て一筆書きの青き月出る

深々と星座を抱きて眠る宇宙《そら》まんてんの星なにを語るや

追憶

なべて忘れなべて一挙に思い出すなごり雪降る三月三日

まだ誰も踏まむ雪道光る道姉と走った息を切らして

今もなほ遊水池に沈む村時のたまゆら水面が揺らぐ

流離《さすらい》て翡翠の湖《うみ》を見つけたり小さき鳥の始まりの湖

過ぎし日のあれやこれやを想い出す恩師の訃報朝刊で知る

朝刊のおくやみ欄に恩師の名弔うごとき紫陽花に雨

土曜日を半ドンと呼ぶ昭和あり制服で観た『卒業』遥か

陽に焼けた英和辞典をめくるたび赤い下線に若き日が顕《た》つ

いつか君を思わなくなる朝が来てセピア色した小説となる

雪深い峠の駅を過ぎるとき過去が静かに我に手を振る

日に焼けた柳行李《やなぎごうり》は時を抱く着物、半えり樟脳の香

三坪の納戸の埃《ほこり》を払いたり祖母の書簡が黄泉より届く

ジビエなる言葉なきころ山どりを母は捌《さば》いて酒の肴に

夕暮れの余白のような豆腐屋のパーポのラッパ聞こえた昭和

両の手に息を吹きかけ患者診《み》る温もりあった昭和の医療

時代とも仲良くなれず時代には追いていかれるパソコン売り場

そして今

くたびれた足のシールの上に待つ馴染んだ景色コロナ三年

青芝の匂いに噎せる雨上がりほんの一秒マスクを浮かす

使いかけ引き出しの奥口紅は三年前の春の新色

鬼怒川に気嵐の立つ寒の朝ふるさとよりも長く住む街

あとがき

「百年桜」は、わたしの第一歌集である。二〇一七年から現在までの作品を収めた。

「詩」は、書いたことがあった。しかし、もっと短い詩型「短歌」に惹かれていた。短いということは、表現にとってマイナスだろうか？　いや、決してそうではない。五七五七七という定型のリズムは小気味良く、とても魅力的である。自分の内の無駄なごちゃごちゃを切り捨て、言葉を音韻に乗せる。散らかっていた心は、整理され、また、胸の奥底に沈んでいた何かが掬い上げられ、歌になってゆくのだ。短歌とは、その時々に挟む枝折のようなものだと思う。そして、迷うたびにページをめくって一歩先を照らしてくれる存在となる。

福島県南相馬市に「百年桜」と名付けられた桜の木がある。小学校の校庭で枝を広げる二本の「百年桜」。この桜を歌集のタイトルにした。昨日と同じように今日があり、そして希望の明日へ続けとエールを送る。「百年桜」に私も背中を押してもらいたかったからだ。

短い期間でしたが、ＮＨＫ学園の短歌講座を受講したことが、歌を詠む基礎力となりました。御指導くださった小林幸夫先生に厚く御礼申し上げます。そして、拙い短歌を最後まで読んで下さった「あなた」に心からの感謝を伝えます。

二〇二三年盛夏の頃

染宮　千美

著者プロフィール

染宮 千美（そめみや ゆきみ）

1958年９月　福島県生まれ

桜の聖母短期大学英語学科卒業

栃木県在住

主な受賞歴

令和２年歌会始佳作（2020年１月）

第21回NHK全国短歌大会　近藤芳美賞入選／「風のかたち」（2020年１月）

第36回宮島全国短歌大会　広島教育委員会賞（2020年10月）

第143回明治神宮献詠短歌大会　佳作（2020年10月）

第９回河野裕子短歌賞　入選（俵万智選）（2020年11月）

第42回全日本短歌大会　秀作賞（2021年10月）

令和３年度NHK学園秋の誌上短歌大会　特選（2021年10月）

第24回NHK全国短歌大会　近藤芳美賞入選／「花ごよみ」（2023年３月）

第14回角川全国短歌大賞　秀逸（馬場あき子選）（2023年６月）

百年桜

2023年９月15日　初版第１刷発行

著　者　染宮 千美

発行者　瓜谷 綱延

発行所　株式会社文芸社

〒160-0022 東京都新宿区新宿1－10－1

電話 03-5369-3060（代表）

03-5369-2299（販売）

印刷所　図書印刷株式会社

ISBN978-4-286-24388-7